TROIS CHANTS

AF295750

PAR

DURANGEL

BIBLIOTHEQUE ROYALE

Crescentem ornate poetam !
VIRGILE.

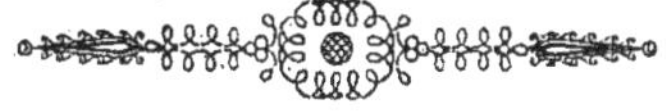

PARIS

IMPRIMERIE DE H. FOURNIER ET Ce
RUE DE SEINE, 14

1837

LA COLOMBE.

LA COLOMBE.*

※

Soli cantare periti
Arcades.

VIRGILE.

Colombe du vieillard, ô ma blanche colombe,
Viendras-tu quelquefois gémir près de ma tombe ?

Tous les jours, pour me plaire en tes folâtres jeux,
Avec un doux murmure et d'un air courageux,

* Couronné par l'Académie de Cambrai.

Tu saisis dans ma main, à l'heure désirée,
Le fruit mûr des buissons, la graine préparée ;
Dans ma coupe d'onyx, tous les jours, mollement
Tu plonges ton bec rose et ton regard charmant ;
Et, si ma voix prélude à des chansons nouvelles,
Un instinct merveilleux fait palpiter tes ailes,
Et tu viens, sur ma couche et sur la lyre d'or,
En cercles gracieux balancer ton essor.....

Colombe du vieillard, ô ma blanche colombe,
Viendras-tu quelquefois gémir près de ma tombe ?

Naïs ! Je vis Naïs, aux fêtes de Délos !
Son front se couronnait de myrte et de lotos ;
Légère, elle livrait aux vents sa chevelure.
Une robe de pourpre et sa molle ceinture
Trahissaient à demi de ses naissants attraits
La forme virginale et les contours secrets...
J'oubliai tout alors et je ne vis plus qu'elle !
J'oubliai de mes ans la tristesse cruelle !
Vieillard toujours facile au délire des sens,
Je murmurai son nom et des mots caressants...
Elle rougit... J'approche en tremblant ; je l'entraîne

Dans le bois sombre, au lieu que protége un grand frêne...
Là, sa crainte apaisée eut des aveux si doux ;
Que l'excès de ma joie a fait les dieux jaloux !...
A Délos, un berger des bords de l'Érymanthe
Offrit une colombe à ma nouvelle amante ;
Je l'obtins de Naïs, et tu vins, dès ce jour,
Enchanter par tes jeux mon tranquille séjour.

Colombe du vieillard, ô ma blanche colombe,
Viendras-tu quelquefois gémir près de ma tombe ?

La chèvre aime à brouter sous les cityses verts ;
L'onde aime les gazons dont ses bords sont couverts ;
Le sillon s'ouvre aux grains que le laboureur sème,
L'abeille vole aux fleurs, et moi, Naïs ! je t'aime...
O mes jeunes amis, souriez au vieillard !
Pour aimer, pour jouir, est-il jamais trop tard ?
Quand, de leurs cris confus remplissant les vallées,
Les Thyades, la nuit, dansent échevelées ;
Sur le char emporté par ses tigres sans frein,
Aux sons de l'atabale et des sistres d'airain,
Joyeux, armé du thyrse, et la lèvre rougie,
Quand Bacchus mène au loin la triennale orgie ;

Les Satyres, les Pans et les Nymphes en chœur
Ne sont pas seuls groupés autour du dieu vainqueur :
Sur son âne indolent comme lui hors d'haleine,
Toujours vient avec eux l'aventureux Silène...
Souriez au vieillard, encor quelques instants;
Jusqu'au jour où fuiront mes rêves inconstants,
Jusqu'au jour où ma voix, mélodieuse encore,
Pour la dernière fois aura chanté l'aurore...
Alors, car un long deuil trouble les doux festins,
Donnez ma place vide ! oubliez mes destins !

Colombe du vieillard, ô ma blanche colombe,
Viendras-tu quelquefois gémir près de ma tombe?

Ces roses, qui si tôt pâlissent sous nos doigts,
Amis ! je les préfère à la pourpre des rois ;
A leurs sceptres pesants je préfère ma lyre ;
A tous leurs vains trésors, un jeune et frais sourire !
Le présent seul est sûr. Ne formez pas de vœux !
N'allez pas, tourmentés de désirs curieux,
Interroger des temps l'énigme inabordable ..
Saturne a dévoré son secret formidable !
O mes jeunes amis ! hâtons-nous, jouissons !

Car voilà la sagesse, et voilà mes leçons !
Sous la voûte où le pampre en festons se balance,
Voyez-vous, suspendus, ce casque et cette lance ?
Je fus vaillant et fort. Jadis, dans les combats,
Dans les jeux solennels, on ne m'ignorait pas.
J'ai vu du Nil lointain les rivages fertiles,
Les débris d'Ilion, et la Crète aux cent villes,
Et l'Etna, qui s'embrase en des vallons si beaux,
Et l'antre où Polyphème assemblait ses troupeaux.
J'ai visité deux fois le royaume d'Ulysse;
J'ai vu Messène, Argos, Sicyone, Larisse,
Delphes, qu'aime Apollon, Corinthe et ses deux mers...
Après bien des travaux et bien des jours amers,
Enfin ces bords heureux ont reçu le poëte.
J'oublie ici les maux d'une vie inquiète,
Et la guerre, et l'exil, et le flot écumant...
Et ma cendre en ces lieux dormira mollement.

Colombe du vieillard, ô ma blanche colombe,
Viendras-tu quelquefois gémir près de ma tombe ?

Mais, derrière la haie où le saule et le thym
Aux essaims murmurants donnent leur frais butin,

Près de ces oliviers, dont les feuillages pâles
Couvrent les taureaux forts et les hautes cavales,
Lorsque humides du fleuve, à l'abri du soleil,
Ils s'étendent sur l'herbe et cherchent le sommeil;
Quel long rire folâtre a couru sur la rive?
Lancé soudain vers moi par une main furtive,
Un fruit tombe, effleurant ma coupe aux larges bords...
C'est elle! c'est Naïs! ô délire! ô transports!...
Je ne la vis jamais plus lascive et plus belle!
Jamais de plus d'amour je n'ai brûlé pour elle!
Jamais baisers si doux, jamais tant de plaisirs
N'auront de sa jeunesse étonné les désirs!..
Oh! c'est elle!... et, quittant la mousse accoutumée,
A ces rires connus, à cette voix aimée,
Ma colombe s'envole, elle a fui sans effroi;
Sur le sein de Naïs elle a fui loin de moi...

Colombe du vieillard, ô ma blanche colombe,
Viendras-tu quelquefois gémir près de ma tombe?

L'ORGIE.

L'ORGIE. [*]

Ἐν μύρτου κλάδϊ
Τὸ ξίφος φορήσω.
ALCÉE.

Sous les fleurs, sous le myrte aux rameaux odorants,
Cachons le fer sacré qui punit les tyrans.

Et cependant, amis! comme en de saints mystères,
Que nos coupes, long-temps, épuisent les cratères!

[*] Poème couronné par l'Académie des Jeux floraux de Toulouse, qui a quatre fois décerné ses prix à l'auteur.

Buvons ces vins choisis que foule Arvisium!...
Tout est lâche au sénat, tout se tait au forum...
Je bois au dieu des arts! au chœur chaste des Muses!
Aux trois Grâces sans voile! à l'Amour! à ses ruses!
Je bois à tous les dieux!... s'il est des dieux pourtant!
Car l'immense matière, en son cours éclatant,
Seule, peut-être, fait l'ordre éternel des choses...
Je bois à la matière! à ses métamorphoses!
A tout ce qui doit naître! à ce qui fut jadis!
Aux noms des vieux Romains si long-temps applaudis!...
Car, avant tous les dieux, mon cœur ardent révère
De ces héros si grands la majesté sévère!!!

Sous les fleurs, sous le myrte aux rameaux odorants,
Cachons le fer sacré qui punit les tyrans.

S'il existait des dieux, Néron serait-il maître?
Complices de Néron, puis-je les reconnaître?
Et que font à mon cœur rongé d'un noir chagrin
Les anciles sacrés, et la louve d'airain,
Et ces trépieds, ces feux que les chants des vestales
Suivent, dans l'appareil des pompes triomphales?
Aux jours de liberté, ma crédule vertu

Pour nos dieux protecteurs sans doute eût combattu ;
Mais, quand d'être Romain l'espérance est ravie,
Dans l'excès des plaisirs il faut noyer sa vie;
Il se faut enivrer de délices, il faut
Des sueurs de l'orgie aller à l'échafaud ,
En jetant sur Néron, sur l'héritier d'Octave,
Ce regard... d'un mourant qui cesse d'être esclave !

Sous les fleurs, sous le myrte aux rameaux odorants,
Cachons le fer sacré qui punit les tyrans.

Lève-toi de ta couche, ô ma belle Égérie !
Prends de l'esclave grec la cithare chérie :
Chante, tes blonds cheveux dégagés de lien;
Passe du ton dorique au mode éolien;
Lascive, les pieds nus, la gorge dévoilée,
Des fatigues d'amour encor tout accablée,
Charme-nous de ta voix; irrite dans nos sens
Les frissons du désir, les troubles frémissants...
Puis, comme au Cythéron la nocturne bacchante,
Sous le large portique aux volutes d'acanthe
Jette tes bonds légers! Prends pour thyrse un poignard!
Appelle Némésis , celle qui vient si tard !

Celle qui vient si tard, dans leur pourpre sacrée,
Châtier des Nérons l'infamie adorée!!!

Sous les fleurs, sous le myrte aux rameaux odorants
Cachons le fer sacré qui punit les tyrans.

O vertus de Néron! ô grandeur!... Il dirige
Les coursiers, au frein d'or, de son brillant quadrige;
Il déclame au théâtre : affranchis, délateurs,
Prodiguent à son art leurs cris adulateurs.
Sur la ville éternelle il jette l'incendie,
Et, du haut d'une tour, son hymne parodie
L'incendie argien et la nuit d'Ilion...
Infame, empoisonneur, parricide, histrion,
Après ses longs festins, quand revient la nuit sombre,
Aux veilles de Locuste il se glisse dans l'ombre,
Et là, seul, entouré d'urnes, d'airains fumants,
De reptiles impurs, de pâles ossements,
Avide de saisir un poison qui foudroie,
Il l'effraie elle-même aux horreurs de sa joie!

Sous les fleurs, sous le myrte aux rameaux odorants
Cachons le fer sacré qui punit les tyrans.

Mais pourquoi donc ainsi, sur la même pensée,
Sans relâche tenir ma colère insensée?
On gémit assez tôt quand on va chez les morts...
O délire! ô Vénus! ô charme! ô doux transports!
Oh! que d'appas forcés par une main furtive!...
Tiens! romps la poix tenace où l'amphore est captive,
Et, tandis que la flûte, en mes riants jardins,
Imite les bruits sourds des brises dans les pins,
Esclave! verse-nous l'oubli de toutes choses!
Les roses durent peu, couronne-moi de roses!
Assez d'amers regrets ont rembruni nos fronts.
Buvons, amis! Qu'importe et Rome et ses affronts?
Qu'y puis-je? Est-ce mon crime? A cette foule infame,
En lui vouant mon bras, donnerai-je mon ame?
Sporus vit honoré; Tigellin est puissant;
Néron s'adresse en maître au sénat pâlissant;
Esclave de Néron, souple à toutes ses haines,
La loi n'est plus l'accord des volontés romaines.
Le pouvoir des consuls, les arrêts des préteurs
Soldent des affranchis les lubriques fureurs...
Partout, piéges, complots, profusions serviles,
Lâches cupidités, meurtres, débauches viles...

O chefs du vieux forum ! héros des légions !
O Caton ! ô Pompée ! Emile ! Scipions !
Héros qui rappelez nos grandeurs abattues,
Voilà quel peuple passe au pied de vos statues !!!

Sous les fleurs, sous le myrte aux rameaux odorants,
Cachons le fer sacré qui punit les tyrans.

O rêve ! oh ! que de fois, quand la coupe profonde
Ecumait de falerne et brillait à la ronde,
Quand ma belle Égérie, avec des mots flatteurs,
Me jurait une nuit pleine de ses ardeurs ;
Quand, voulant de ce peuple oublier les bassesses,
J'abandonnais ma vie à toutes les ivresses ;
Amis ! oh ! que de fois, en ces moments si doux,
Je ne sais quel transport m'égara loin de vous !
Repoussant, malgré moi, la coupe déjà prête,
Les baisers d'Égérie, et les chants, et la fête,
Que de fois, sous ma main frémissante au hasard,
De Brutus tout à coup j'ai senti le poignard !...
Et ma voix murmurait une intime parole,
Qui promettait du sang aux dieux du Capitole.

Sous les fleurs, sous le myrte aux rameaux odorants,
Cachons le fer sacré qui punit les tyrans.

C'est qu'il serait si doux de reprendre un cœur d'homme !
De rattacher ses jours au grand destin de Rome !
D'expier sa jeunesse où furent tant d'erreurs !
De l'expliquer, peut-être, en de saintes fureurs !...
Ah ! sous nos pieds brisons ces lyres profanées,
Ces coupes, ces flambeaux, ces fleurs, déjà fanées.....
Que ces femmes en vain, dans leurs lâches discours,
De nos plaisirs passés nous rappellent le cours.....
Je vous invite tous à de plus grandes fêtes.
Vengeons Brutus, Pompée, et leurs saintes défaites !
Du règne des Césars préservons l'avenir !
Mon sein brûle d'un feu qu'il ne peut contenir.....
Mella ! Balbus ! Afer ! oui, vengeons nos outrages !
Ton nom, beau Métellus ! fut grand dans les vieux âges.
Aux armes ! Pollion !... Appius ! souviens-toi
Que j'ai surpris tes pleurs, que j'ai lié ta foi.....
Comme un chœur solennel d'augustes victimaires,
Apparaissons dans Rome ! et les veuves, les mères,
Les proscrits accourus, leurs amis, leurs parents,
Avec des cris de mort, viendront grossir nos rangs.

Marchons! marchons, amis! voici le jour et l'heure.
L'affreux Néron mourra. Qu'il combatte, ou qu'il pleure,
Il mourra. Je l'ai dit à des mânes sacrés.....
Venez guider enfin nos coups désespérés,
Traséas! Soranus! venez, illustres ombres!
A mon appel sanglant quittez les rives sombres!....
Il mourra. Ses forfaits auront cessé demain.
Rome! pardonne-moi! je suis encor Romain.....
Des héros mes aïeux je méritais de naître...
Au palais de Néron tu vas me reconnaître!

Sous les fleurs, sous le myrte aux rameaux odorants,
J'ai pris le fer sacré qui punit les tyrans.

L'ALMÉ.

L'ALMÉ. *

> *Ut caneret fata.*
> HORACE.

Et ses pas , égarés en de brillants dédales ,
Se réglaient aux sons clairs des rapides cymbales.

« Bonaparte, salut! salut , sultan du feu !
« La jeune almé, pour toi, n'a point de doux aveu.

* Ce poème a remporté un prix à l'Académie de Cambrai.

« Je ne chanterai pas, devant le chef austère,

« Des voluptés d'amour l'indicible mystère :

« Non, je ne puis l'oser, et pourtant, à ma voix,

« De nobles cœurs souvent se sont émus... Oh! vois!

« Vois l'écharpe, un moment dans les airs soutenue,

« Entourer de ses plis ma gorge demi-nue;

« L'attente du bonheur, le rêve du plaisir

« Agitent tous mes sens, qu'ils viennent de saisir.

« Mon regard est celui de la douce gazelle;

« La perle, à rangs égaux, dans ma bouche étincelle;

« Mes noirs cheveux flottants, qu'entoure un cercle d'or,

« Du bain délicieux sont parfumés encor.....

« Autour de toi, sultan! vois ma danse légère

« Bondir, multiplier son erreur passagère;

« Vois mes élans subits, mes souples mouvements

« En foule révéler tant de trésors charmants ! »

Et ses pas, égarés en de brillants dédales,
Se réglaient aux sons clairs des rapides cymbales.

« Jamais on n'a vu naître un sourire joyeux

« Dans le pli de sa bouche ou l'éclair de ses yeux....

« Il ne savoure pas l'odorante fumée

« Qu'exhale, à flots d'azur, la chibouque allumée.....
« Nul esclave n'amène à sa couche, les soirs,
« Une houri charmante, aux yeux lascifs et noirs.
« Il n'aime que les bruits du combat qui commence,
« Que les mille tableaux de la mêlée immense,
« Et le canon qui tonne, et ses vétérans forts,
« Et son cheval sanglant qui foule aux pieds les morts...
« Cet homme, environné d'un mystère suprême,
« Seul au milieu de tous, se médite lui-même....
« Eh bien donc! des secrets cachés dans l'avenir
« La fille des déserts saura t'entretenir. »

Et ses pas, égarés en de brillants dédales,
Se réglaient aux sons clairs des rapides cymbales.

« Quand, près du puits connu, les Arabes assis
« Prolongent, au désert, de merveilleux récits;
« Quand les chameaux, aimés de nos tribus nomades,
« Entourent des palmiers les vertes colonnades;
« Mes cheveux à longs flots répandus sur mon sein,
« Aux sons de la cymbale et du sistre abyssin,
« Tournée à l'Orient, où la prière arrive,
« De ma danse nocturne au loin foulant la rive,

« Que de fois , à cette heure et dans ces mêmes lieux ,

« Pour toi mes yeux fervents ont consulté les cieux !

« Que de fois j'ai prédit ta grandeur solennelle !

« L'ange blanc du Très-Haut t'a touché de son aile.

« Les peuples ont besoin d'une nouvelle loi....

« Ils élèvent les yeux..... Va leur dire : C'EST MOI ! »

Et ses pas , égarés en de brillants dédales ,

Se réglaient aux sons clairs des rapides cymbales.

« Car du vieil Orient, de nos climats dorés ,

« Ont surgi tous les noms sur la terre adorés ;

« Oui, quand Dieu t'appela vers nos sables numides,

« Au bord du fleuve saint, au pied des pyramides,

« Disposant l'avenir qu'en secret tu pressens,

« Il voulut t'entourer de prestiges puissants,

« Pour qu'on reconnût mieux l'homme des destinées !

« Maintenant, passe encor sur les mers étonnées ;

« L'Égypte, réservée à des règnes nouveaux,

« Retentira toujours du bruit de tes travaux ;

« Mais, aux lieux que sauvaient tes premières victoires,

« Les peuples ont poussé des cris expiatoires....

« Guerrier ! point de lenteurs, de doute frémissant.....

« Va saisir les faisceaux, qu'on a souillés de sang ! »

Et ses pas, égarés en de brillants dédales
Se réglaient aux sons clairs des rapides cymbales.

« Tu pâlis, tu pâlis, chef des héros! Dois-tu,
« Comme un homme vulgaire, ignorer ta vertu?
« Qui pourrait t'arrêter? quel obstacle? quel doute?
« N'as-tu pas triomphé de tout ce qu'on redoute?
« N'es-tu pas Bonaparte? et ce fer n'a-t-il pas
« Assuré d'un grand nom chacun de tes combats?
« Les monts n'ont-ils pas vu, de foudres sillonnées,
« Leurs cimes tressaillir à ton ordre inclinées?
« N'as-tu pas, sous ce ciel de tourbillons couvert,
« Avec ses vents de feu respiré le désert?
« Et, quand tes bataillons te demandaient encore
« Au lit contagieux que leur gloire décore,
« Tes mains n'ont-elles pas, sans terreur, sans effort,
« Touché l'ulcère immonde où fermentait la mort?
« Oui, comme de mes pas qu'un saint transport entraîne,
« Le cercle autour de toi se déroule et t'enchaîne,
« Terrible successeur des empires éteints!
« Une chaîne invisible a saisi tes destins. »

Et ses pas, égarés en de brillants dédales,
Se réglaient aux sons clairs des rapides cymbales.

« Tout est calme au désert, tout repose : on n'entend
« Que le bruit sourd du fleuve en son lit haletant,
« Et des palmiers voisins les feuilles balancées...
« Seuls nous veillons encor, pour de hautes pensées.
« C'est pour de grands destins qu'en ces lieux nous voici !
« Eh bien ! écoutez-moi ! je vous invoque ici,
« Au pied de ces tombeaux, près des sphinx symboliques,
« Dans ces lieux jadis pleins de nos pompes publiques !
« Je vous invoque ici, protégez ce héros !
« Forces qui reposiez dans l'antique chaos,
« Qui, de l'enfer, des cieux, faites tout sur la terre,
« Fatalité ! destin ! puissances de mystère !...
« O sublimes transports ! ô saints ravissements !
« O de l'ame enivrée ineffables tourments !
« Quels jours miraculeux ! quels respects ! quels hommages !...
« Quelle grande figure à travers tous les âges !...
« Va ! l'œuvre s'accomplit. Va ! le charme est formé.
« Va ! les temps sont venus... Dieu même t'a nommé ! »

Et ses pas, égarés en de brillants dédales,
Se réglaient aux sons clairs des rapides cymbales.

« Ceins le glaive terrible et, sous ton char grondant,
« Fais, comme un cirque étroit, retentir l'Occident.
« Des lieux où le soleil, en sa course agrandie,
« Verse aux fils d'Ismaël un plus large incendie,
« Pousse tes bataillons vers ces lointains climats
« Que du pôle engourdi fatiguent les frimas.
« Jette à des vétérans des trônes pour salaire !
« Mets sur le cou des rois le pied de ta colère !
« Des arts, de la science invitant les travaux,
« Révèle leur lumière à des peuples nouveaux.....
« Fais oublier Cyrus, Sésostris, Alexandre!..
« Monte, monte toujours! T'arrêter, c'est descendre....
« Héros! crois ton génie! et toujours souviens-toi
« De cette nuit sacrée, où tu sus tout de moi !»

Et ses pas, égarés en de brillants dédales,
Se réglaient aux sons clairs des rapides cymbales.

« Élu des nations ! crois-en la jeune almé,

« Crois-en le Dieu qui parle à son cœur enflammé !

« Tes jours seront brillants tant que de sa lumière

« Ton astre aura gardé l'auréole première ;

« Aux combats, aux poisons, aux piéges clandestins

« Le bouclier de Dieu ravira tes destins :

« Mais si mes yeux en vain cherchaient l'étoile absente.....

« Adieu gloire, grandeurs, force toute-puissante,

« Adieu flatteurs, amis, clientelles de rois...

« Qu'importe ! va toujours où t'appelle ma voix !

« L'aigle peut être atteint par les feux du tonnerre,

« Mais c'est du ciel brûlant qu'il retombe en son aire.

« Oui, peut-être, il faudra... Qu'importe ! va toujours !

« Qu'importe la poussière où finiront tes jours !....

« Sous tous tes grands aspects, héros ! fais-toi connaître !

« Si l'orage t'attend, l'orage te vit naître.....

« Salut, roi des combats ! formidable lion !

« Sultan du feu, salut ! salut, Napoléon ! »

Et ses pas, égarés en de brillants dédales,

S'éloignèrent, aux sons des rapides cymbales.

FIN.

www.ingramcontent.com/pod-product-compliance
Ingram Content Group UK Ltd.
Pitfield, Milton Keynes, MK11 3LW, UK
UKHW020108100726
13658UKWH00005B/2033